句集

風紋

Fūmon

広渡敬雄

Takao Hirowatari

角川書店

句集　風紋／目次

白牡丹　平成二十八年　5
冬すみれ　平成二十九年　25
御来迎　平成三十年　47
梨剥く　平成三十一年（令和元年）　71
新海苔　令和二年　91
白南風　令和三年　113
残菊　令和四年　137
烏瓜　令和五年　161
あとがき　192

写真　佐中由紀枝「記憶」
装幀　間村俊一

句集　風紋

白牡丹

平成二十八年

三十六句

表札の新しき家注連飾

赤き実の挟まつてゐる霜柱

東日本大震災から五年・気仙沼　六句

鎮魂の海着膨れの人ばかり

風紋は沖よりのふみ夕千鳥

ドックより鋲打つ音や野水仙

生きてをればこその春寒海の青

慰霊碑は津波の高さ春の海
かげろふの向うに遊ぶ子供かな

喉いよよ赤し燕の恋なりけり

子燕の待ちくたぶれし口大き

鳥雲に汽水の匂ひ強まりぬ

川にゐる鮠を見てゐる春祭

焼かれつつ泥少し吐く睦五郎

白牡丹剪りて空気を断ちにけり

墨弾く色紙の砂子多佳子の忌

学帽の不器男の眉の涼しさよ

穀象の天上天下櫃の中

逃ぐるたび砂新しき蟻地獄

釘抜きと曲りし釘や不死男の忌

コースロープ潜りて敗者プール去る

獣舎よりかすかな咀嚼終戦日

沢蟹の踏ん張つてゐる瀬越かな

ゆらゆらと蟹の骸や天の川

アボカドの大きな種やけふの月

氷塊の中から秋刀魚抜きにけり

目の馴れて星見えてくる素十の忌

高々と炙る藁火や秋鰹

死ぬるまで泳ぐ魚や星月夜

水澄んで足音に影あるごとし

クリアファイル重ねて曇る山は秋

霧の街無声映画を観るごとし

番記者の短き昼餉とろろ汁

葱畑やいま火葬場に煙立つ

障子貼了へし子の家訪ねけり

手を挙ぐるだけの挨拶冬菜畑

封筒の中に空気や年の暮

冬すみれ

平成二十九年

四十句

東雲に一列の鳥初明り

大海を振り切る揺らぎ初日の出

音のなき潮のうねりの淑気かな

接岸の渦の白濁旅始め

妻も吾も筑前育ち丸き餅

玉子酒くらゐならまあ作れさう

冬すみれふうつと許す気となりぬ

破蓮の葉裏明るし久女の忌

日を溜めしまま溶けにけり薄氷

丸刈りになりし少年はるいちばん

駅長と宮司仲良し梅三分

春炬燵目薬ぽいと投げくれし

遠雪崩グラスの氷鳴りにけり

汲み置きの水や雪代細りたる

ふつふつと湧水の割く花筏

近江の春　六句

土筆摘んだり水に手を浸したり

竜天に登るや竹生島残し

湖東より湖西は淋し諸子舟

朧夜の灯すことなき浮御堂

鮎解禁暁の明星仰ぎつつ

葭切や櫓を漕ぐ音の過ぎてより

水を打つビジネスホテル支配人

草々の尖つて来たり太宰の忌

星涼しアンモナイトの渦の芯

床にさす残心の影夏稽古

団地老ゆ給水塔に夏の雲

竜淵に潜む新たなパスワード

飄々とポプラは高し豊の秋

暮れ際の案山子大きく見えにけり

乳牛の乳房勤労感謝の日

浅間山《あさまやま》には浅間隠山《あさまかくし》や雪催

かほの向き変はつてゐたり鵙の贄

紙垂揺るる向う狐火ありにけり

ダイヤモンドダスト音よりも軽し

近江の冬　六句

蘆枯れて一点に日の歿しけり

ぐいと穂を揺らして蘆を刈り倒す

奥淡海の冷えは一気ぞ山の影

鴨鍋や湖暮れてゆく二階の間

むぐつちよを指して淡海に遊びけり

一本の杭に鳥来る冬景色

御来迎

平成三十年

四十二句

蓮根の穴も食うたと初笑ひ

降ろしたる雪に刺さりし大氷柱

傘で突く芯に曇りや厚氷

撃たれたる熊の融かせる雪の窪

心臓のかたちに木の根開きにけり

冬耕や遠き一樹をよすがとす

落椿地の起伏のあきらかに

撞球のつやつやの玉三鬼の忌

黒潮の大きく蛇行蝶渡る

ファインダーの中の家族や春岬

灯台官舎ありし灯台春惜しむ

渦潮の深きまみどり地球の日

永き日の風紋は砂休ませず

大海亀空のかなたに去りにけり

浮袋なき深海魚修司の忌

ガガーリン見し地球とも箱眼鏡

わたつみの大きなうねり袋掛

二の腕に青きタトゥーや巴里祭

山開き空《から》葬《とむら》ひの友ありし

病葉の沈める水のなまぬるき

鎖付きコップを戻す岩清水

雲海の波打ち際に鹿島槍《やり》ヶ岳

再びは来ぬ頂きや御来光

ケルンより離れて低き遭難碑

這松の大海原や星鴉

御来迎彼の世の我に手を振りぬ

御来迎：高山の頂上で日の出、日没の時、太陽を背にして立つと自分の影が前面の霧に映り阿弥陀仏が光背を負って来迎するように見える現象。いわゆるブロッケン現象をいう。

一塊の水のかたまり滝行者

近道も刈られてゐたる墓参

根の国も照らす線香花火かな

草刈りて二日寝かせし甘さかな

献杯は眉の高さに小鳥来る

新藁に残るみどりを綯ひにけり

本籍を移せる長女鰯雲

墓終ひに帰る故郷や鵙日和

茶の花や埋むる井戸を祓ひをり

露浴びし膝深く折り墓終ひ

宇佐美魚目先生逝去　二句

墨痕の上は余白や秋の暮

白々と木賊に雨や魚目逝く

山廬　二句

炉の温み龍太の温み自在鉤

雪吊の待たるる松やとの曇り

小春日のさらさら伸びる鉋屑

屈みゐる納戸の妻や年用意

梨剥く

平成三十一年（令和元年）

三十四句

源流の凍らぬ水の淑気かな

山始柏手ぽんとこだませり

寒行のいつさい滝を仰ぐなし

一本の冬木を父と思ひけり

八戸えんぶり　七句

雪暗や海猫風に乗り飛び尽くす

頬紅き子もえんぶりの列に付く

掃きありし磴に零れて沓の雪

篝火は燠にえんぶり猛りけり

堅雪を踏み蹴散らして恵比寿舞

朳唄乾の風の容赦なし

舞ひ了へて啜るや熱きせんべい汁

一位の実さらに小さき掌に渡す

鷹鳩と化して赤子に歯の気配

童謡は斉唱がよしチューリップ

新緑やどこまでも行く三輪車

茶毘に付すもう昼寝せぬ子となりて

振る塩を弾く喪服や夏の山

をさまらぬ怒り涙に水を打つ

目に入りし汗の痛さよ太鼓打つ

首に巻く手拭嚙んで荒神輿

父と子と揃へて干せり祭足袋

まだ温き草に坐りぬ大花火

ポケットに自転車の鍵花火果つ

自転車は籠から錆びぬ秋の風

ひぐらしやきれいに出来て卵綴ぢ

梨剥くや水の瀬戸際ゆくごとし

きのふよりけふは明るし銀杏散る

きつと血は薄まつてゐる紅葉山

しぐるるや世阿弥能面伝不詳

押し黙る不思議な時間夕焚火

虎落笛厳父のごとき黒電話

煮凝や女盛りの頃の母

餅搗や一人離れて梢をつぐ

箒目に音残りけり霜の朝

新海苔

令和二年

三十八句

全身を鏡に容れて初稽古

弓始的中の矢に紙の音

新海苔の罐のよき音よき軽さ

空転の轍ありけり雪間草

啓蟄や田の中にある三角点

山焼の道あるごとく走りけり

山焼の余熱の風や西に星

たをやかに勾配ありぬ大焼野

殺生の山をけぶらす春しぐれ

猟犬の墓まあたらし猫柳

金網の錠開けて入る山葵沢

富士市岩本山公園〈萬緑や死は一弾を以て足る〉（上田五千石）句碑

一弾を以て全山の花散らす

花曇りセカンドオピニオンの日よ

遺品より生まるる会話春の雷

てふてふと習ひし母や昭和の日

忘れられて人は二度死ぬ花柘榴

睡蓮を揺らす波その返し波
崩れつつ噴水なほも突き上がり

押しのけし蓮が頬打つ蓮見舟

蛍狩昭和の闇の濃かりけり

D51の据ゑられてゐる夏野かな

銅像の人馬一体日の盛

瑠璃蜥蜴去り残響のありにけり

満山の樹を私す朝の蟬

真清水やわれ一本の山毛欅となり

白雨過ぎ山毛欅に三筋の樹幹流

耳朶に触れし霧より霧雨に
山塩の粗き微光や夏の果

弔ひの叶はぬ死ありけふの月

母方の叔母のみ残り秋蛍

入院　五句

入院の白きズックやそぞろ寒

弱暖房のはつかな風や無影灯

配膳に服薬の水暮早し

心音に添ふる点滴冬の星

風呂吹やなつかしき過去ありがたう
生みたての卵の微光小春凪

煤逃げ同士黙礼を交しけり

いつ果つるコロナや煤湯熱うせよ

白南風

令和三年

四十二句

酒吹いて縄結はひけり山始

今伐りし年輪匂ふ雪催

車窓に置く蜜柑ふたつやずつと海
アクリル板一席ごとに春を待つ

下萌や犬逝きてより逢はぬ人

如月や朱の滲みゐる蔵書印

菜の花をゆくずんずんと溺れさう

ボタ山のかなたに見ゆる昭和の日

霾るや川筋気質誇りとす

四人目も女なりけり柏餅

タンカーは空荷であらむかひやぐら
啄木を愛して古稀に磯に蟹

海のよく見ゆる蚕豆畑かな

廃線に里程標立つ蕗の薹

リラ冷えや輓曳競馬坂二つ

生後三日の子牛に耳標花アカシア

搾乳の牛の眼に海霧流れ

保線工や麦熟れ星の一つ濃し

熊野古道　八句

初夏の仏像を彫る檜の香

巡り来て牛馬童子の落し文

ゆっくりと霧の包める巣箱かな

夏うぐひすどなた様かと近づき来

覗かせてもらふ夏炉や吠えられつ

果無集落

上人は言葉少なし花蜜柑

明恵上人紀州遺跡

泉去るはつかに風の立ちにけり

あれこれと干して一戸や葛の花

自転車の鈴《チン》に振り向く薄暑かな

白南風や肘のきれいな人とゐて

あかつきの薔薇園に影働けり

図書室は木箱のごとし蟬しぐれ

かさぶたのいつしか剥がれ夜の秋

アスファルトに残る靴跡終戦日

命毛に墨ゆきわたり涼新た

秋風や裏返る蟬少し動く

秋冷の光りて細き展翅針

居待月正客既に来てをりし

二粒ほど我が句に足さむ山椒の実

へうたんは含み笑ひの容とも

月白や旋盤いまだ熱を持つ

ベトナムに子がゐると言ふ夜学生

注連を綯ふ胡坐や背筋美しき

しづけさやラグビーボール立ててより

残菊

令和四年

四十四句

のつそりと猫の起き出す初昔

なまはげの零せる藁を祀りけり

コインランドリーよべのどんどの話など
番ひ梟なら栃の洞くれてやろ

しばらくは山の影さす探梅行

くろぐろと海の厚さよ枯岬

風垣にさらに一竿押し込めり
父《とと》楽《らく》の村と笑ひつ牡蠣を割る

波の花海の魂抜くるかに

足場組む音の三寒四温かな

廃材の釘が真赤ぞ浜焚火

焚火より去り際の人こちら向く

酒蔵より杜氏戻りぬ猫の恋

汀より急勾配を春の鹿

死骸累々落椿ではあるまいぞ
慰霊碑なき軍犬軍馬散るさくら

戦争は海市の消えしあたりより
天道虫テントウムシダマシと仲良し

祝角川『俳句』創刊七十年　創刊号に〈登山する健脚なれど心せよ　虚子〉の句もあれば

登り来て八百余峰朝焼す

夕立や力士の開く小さき傘

幕下筆頭勝越しの藍浴衣

鬼灯市袖笠雨となりにけり

居酒屋の朝の風鈴鳴りにけり

天草　四句

かほ見せてイルカ併走青葉潮

島言葉やはらか海月浮き来たる

夕焼や東シナ海涯もなし

浦深く教会ありぬ青岬

秋風やコントラバスの運び方

横断の牛に渋滞豊の秋

新米に触れひやりともぬくきとも

運ばるる逢瀬の二体菊人形

残菊にあらたな蕾ありにけり

うつすらと滲む涙や菊枕

喉より女老いゆく草紅葉

死亡欄に忘れゐし人返り花

夕しぐれ濡れてゆきたる前相撲

稜線の雪いちど融け鵙の贄

金星や鴨撃ち二人戻り来る

能村登四郎先生に〈火を焚くや枯野の沖を誰か過ぐ〉の句もあれば

枯蘆原まぼろしの火を放ちけり

綿虫は淋しい人に近づきぬ

湯気を噴くアイロン勤労感謝の日

通夜帰り二人となりしおでんかな

狐火やポケットにある宝くじ

狼を祀れる杜の年惜しむ

烏瓜

令和五年

五十七句

ぱつと散るふくら雀やみくじ引く

それなりに過ごして二日三日かな

絵師彫師摺師版元初仕事

喰積や生国違ふ者ばかり

猪肉をどすんと置いて二三言

ふるさとにうからの減りし粥柱

果てのなき戦火に松を納めけり

ほどほどに噛んで海鼠を呑み込めり

枇杷咲いて腹八分目の暮しかな

サーカスの跡地は広し寒北斗

顔出してバックするなり焼芋屋

押しかへす力を腕に鷹放つ

鷹舞うて球のごとくに山野あり

罪を消すやうに山茶花散りしきり

闇汁や酒のべたつく畳部屋

鯨肉喰はうと誘ふマントかな

地下深く降りてゆく店鯨鍋

窓拭きの春告ぐるかに降りて来し

涅槃図に昼月があつたかどうか

海市より戻りし船かなまぐさし

胴吹きの桜の幹や古武士めく

花筵畳みて零す五六片

米櫃のどんとありたる昭和の日

荷風忌の言問橋を渡りけり

朧夜の顔認証の扉開く

良き顔となりし加齢や更衣

卓袱台におのづと席や冷さうめん

豆御飯けふ学校でありしこと

恐竜の大きな骨や青嵐

ライターの火を借りるかほ太宰の忌

しやかしやかと土用蜆の殻を捨つ

宿の部屋ひとまづ開くる冷蔵庫

籐寝椅子やがて漂ふごとくなり

フロントに客混む時間熱帯魚

三陸（陸前高田、遠野）六句

夏鷗飛ぶばかり防潮堤高し

かく細き松でありしか大南風

植ゑて十年幾億万の緑立つ

秋田蕗河童の淵を覆ひけり

聞きたしや座敷童子《わらし》の草の笛

曲家に残る馬臭や乱れ萩

樹木葬夕かなかなとなりにけり

初秋の暮れ際の沢詩のごとし

絡みあふぬめり明るし穴惑ひ
ゴーヤチャンプルなるやうにしかならぬ

村芝居笑ひに波のありにけり

烏瓜引かるるが好き引いてやる

けふ少し妻いける口温め酒

全山紅葉法螺貝を吹いてみたし

青空を巻き込みにけり鷹柱

舞茸をでんと供へて山祠

装蹄の音装へる山にまで

鯉を飼ふ山の一戸や冬支度

内股の半ば干乾び鵙の贄

霞ヶ浦・予科練平和記念館

帽ふれの訣れとなりし雁渡し

いつからの花眼か帰り花もよし

一服も蓮田の中や蓮根掘

ぬつたりと水より上がる蓮根掘

句集　風紋　畢

あとがき

このたび、平成二十八（二〇一六）年から令和五（二〇二三）年末までの作品から、三三三句を自選して、第四句集『風紋』にまとめた。

風紋は、津波で亡くなった方も含め、冥界の懐かしい方からの便りと思うと愛しい。

しかし、時を経ずして風や波で消えてゆく。風紋を蹴散らして一斉に海に向かう子亀も愛しいが、親亀となれるのは、一〇〇〇分の一とも言われている。厳しい自然界の定めである。

北海道室蘭市の地球岬を訪ねた折、眼前に太平洋が広がる灯台の横に平らな土地が見えた。嘗ては有人灯台で、灯台守の家族が居住する宿舎があったという。そう言えば昭和三十二（一九五七）年の大ヒット映画「喜びも悲しみも幾歳月」も、灯台守一家の暮しを描いたものだった。

だが、日本の灯台は、徐々に無人となり、平成十八（二〇〇六）年には完全に無人化となった。現在の日本には有人灯台はない。

山登りの途中で、荒れた茶畑や朽ちた猪垣、廃屋をよく見かけるが、家の中には、大きな冷蔵庫がまだ現役のように残っていることがある。そういう時、そこで暮した人達の営みを記憶に残したいと思う。

それは、灯台守や廃屋の居住者の生き様への敬意であり、エールでもある。私の作句も、畢竟、日常の生活のなかでの哀歓、笑いも含め、現在を生きた証を留めたいとの思いからかも知れない。

「古稀」を超え、親しい人との別れ、自身の入院も経験した。天変地異による災害、人間社会の戦争等で不穏な現在、これからも引き続き、従来通り自分を見つめつつ、日々を充実して生きていけたらと思う。

刊行にあたり、角川『俳句』編集長の石川一郎様、古田紀子様、並びに前句集『間取図』に続き、装幀の労を賜った間村俊一様に厚くお礼を申し上げます。

令和六年四月

広渡敬雄

著者略歴

広渡敬雄（ひろわたり　たかお）

昭和26　(1951)年4月13日、福岡県遠賀郡岡垣町生まれ
平成元　(1989)年　句作を始める
平成2　(1990)年　「沖」入会，能村登四郎に師事
平成9　(1997)年　「沖」潮鳴集同人、俳人協会会員
平成11　(1999)年　第1句集『遠賀川』上梓（中新田俳句大賞次席）
平成19　(2007)年　「青垣」創刊参加（のち退会）
平成21　(2009)年　第2句集『ライカ』上梓
平成24　(2012)年　第58回角川俳句賞受賞
平成25　(2013)年　「塔の会」会員
平成28　(2016)年　第3句集『間取図』上梓（第2回千葉県俳句大賞準賞）
令和3　(2021)年　『俳句で巡る日本の樹木50選』上梓
令和6　(2024)年　『全国俳枕の旅62選』上梓

句集『遠賀川』『ライカ』『間取図』
合同句集『塔』第九集、『塔』第十集、『塔』第十一集（塔の会編）
著書『俳句で巡る日本の樹木50選』、『全国俳枕の旅62選』
共書『脚注名句シリーズⅡ－5　能村登四郎集』
現在「沖」蒼茫集同人、公益社団法人 俳人協会幹事、「塔の会」幹事、公益社団法人 日本文藝家協会会員、公益社団法人 日本山岳会会員

住所　〒261-0012　千葉市美浜区磯辺3-44-6
電話・FAX　043-277-8395

句集　風紋　ふうもん

初版発行　2024年7月17日

著　者　広渡敬雄
発行者　石川一郎
発　行　公益財団法人 角川文化振興財団
〒359-0023 埼玉県所沢市東所沢和田3-31-3
ところざわサクラタウン 角川武蔵野ミュージアム
電話 050-1742-0634
https://www.kadokawa-zaidan.or.jp/
発　売　株式会社 KADOKAWA
〒102-8177 東京都千代田区富士見2-13-3
電話 0570-002-301（ナビダイヤル）
https://www.kadokawa.co.jp/
印刷製本　中央精版印刷株式会社

ISBN978-4-04-884607-3　C0092

角川俳句叢書　日本の俳人100

青柳志解樹
朝妻　力
有馬朗人
安西　篤
伊丹三樹彦
伊藤敬子
伊東　肇
井上弘美
猪俣千代子
茨木和生
今井千鶴子
今瀬剛一
岩岡中正
尾池和夫
大石悦子
大串　章
大牧　広
大峯あきら
大山雅由

小笠原和男
小川晴子
荻原都美子
奥名春江
小倉英男
落合水尾
小原啄葉
恩田侑布子
甲斐遊糸
加古宗也
柏原眠雨
加藤憲曠
加藤耕子
金箱戈止夫
神尾久美子
九鬼あきゑ
小島　健
阪本謙二
佐藤麻績

塩野谷仁
しなだしん
柴田佐知子
柴田多鶴子
小路紫峡
鈴木貞雄
鈴木しげを
千田一路
高橋将夫
田島和生
辻　恵美子
坪内稔典
出口善子
寺井谷子
名村早智子
鳴戸奈菜
名和未知男
西村和子
根岸善雄

能村研三
橋本榮治
橋本美代子
広渡敬雄
藤木倶子
藤本安騎生
藤本美和子
布施伊夜子
文挾夫佐恵
古田紀一
星野恒彦
星野麥丘人
松尾隆信
松村昌弘
黛　執
岬　雪夫
三村純也
宮田正和
武藤紀子

村上喜代子
本宮哲郎
森田純一郎
森田　峠
山尾玉藻
山崎　聰
山崎ひさを
山田貴世
山西雅子
山本比呂也
山本洋子
依田明倫
若井新一
渡辺純枝

ほか

（五十音順・太字は既刊）